AF499124

CONVERSION D'UN LIBÉRAL.

DISCOURS

ADRESSÉ AUX BONS ÉLECTEURS DE MARENNES, AU SUJET DES ÉLECTIONS DE 1837.

A certaine époque d'élection, alors que j'étais démocrate, partisan du programme de l'Hôtel-de-Ville, je tins ce vilain discours à mes voisins payant 200 fr. d'impôt; discours qui longtemps a pesé sur ma conscience et m'a conduit au tribunal de la pénitence: trois fois j'ai avoué ma faute au ministre des autels, trois fois j'ai baisé la patène, trois fois j'ai donné pour les pauvres de la paroisse; je suis absous. C'est pourquoi, en reproduisant cette polémique, dans le seul but de la mettre en parallèle avec les sentimens consciencieux de la majorité ministérielle, je déclare qu'elle contient du poison.

« Messieurs,

» Vous avez à choisir entre deux espèces de députés, soit un député pour lui-même, soit un député pour vous. Quels avantages présente le dernier?

« Un député pour vous est un homme d'honneur, un homme qui n'appartient pas au gouvernement, un bon camarade, qui vous donnera une poignée de main aujourd'hui, dans un mois, toujours, parce que toujours il est le même; son cœur, sa conscience, ses principes, ne tournent pas comme la girouette du donjon.

» Un député pour vous est votre ami, dès lors ennemi des gros impôts qui sont le plus grand fléau du peuple; toutefois il faut s'entendre : du peuple ouvrier, peuple travailleur, car le peuple ministériel, naturellement porté à la cagnardise, fait bande à part; c'est la tribu bienheureuse, celle-là; beaucoup d'appelés, beaucoup d'élus; elle s'engraisse à nos dépens. Dieu tout puissant! Que ces visages fleuris nous coûtent cher! Voyez plutôt mon calcul; sa justesse, sa précision mérite, sans aucun doute, l'approbation, non seulement des courtisans, professeurs de flagornerie et faiseurs de dupes; mais aussi de tout contribuable qui raisonne avec son gros bon sens.

» Je dis :

» Un paysan qui travaille depuis le lever du soleil jusqu'à son coucher; depuis le premier janvier jusqu'à la saint Sylvestre, peut cultiver environ six hectares de terrain, terme moyen.

» Maintenant j'évalue l'impôt de cette petite parcelle du sol, avec l'ajouté de tous autres accessoires de droit fiscal, à 36 fr. 50 c.

» Eh bien, si, à la fin de l'année, le paysan a pourvu aux besoins de sa famille, plus, aux exigences du percepteur, il est heureux, car combien en est-il que l'activité du fonctionnaire public stimule par l'envoi de garnisaires, personnes très certainement inoffensives, mais gens au cœur froid et à l'estomac chaud.

» Or, pour qui le paysan s'est-il fatigué pendant 365 jours? Le budjet répond : Pour moi.

» Maintenant je fais cette question : La distribution des deniers publics est-elle raisonnable ?

» Un évêque, en y adjoignant tous honoraires de droit, consomme à lui seul le produit des fatigues annuelles de 1596 paysans !

» Un préfet, appointemens, frais de bureau, frais de représentation compris, 1928 paysans !

» Un ministre, sans compter les petits bénéfices, 3192 paysans !

» Une liste civile, compris les domaines de la couronne, au moins 821,917 paysans!!!...

» Cependant le mandataire, fidèle à ses devoirs, ennemi de la gent qui voudrait nous dresser au collier de force, signalera l'abus, le gaspillage des deniers publics; il ôtera le fer de la blessure, la cicatrisera; si ses réclamations sont bafouées par les ministres, il répondra, l'article 15 de la charte constitutionnelle à la main: « Ministres, vous n'aurez prs l'argent du peuple! »

» Dirai-je plus encore? le plus est un pas dans la geôle. Halte donc, et prudence. Parlons maintenant du député pour lui-même.

» Un député pour lui-même descendra à Paris, tout droit chez le ministre; il y a un instinct financier, paresseux et honorifique qui conduit ces nobles mandataires du peuple justement à ce logis, où garde, suisses, laquais, solliciteurs, force solliciteurs, font ronde de jour et ronde de nuit. Le député, dis-je, se rendra directement au ministère; là, il dira à son excellence: « Monseigneur, je viens vous apporter l'hommage de mon patriotisme, (on se sert encore de ce mot), et mettre mon dévouement à votre disposition; ce qui signifie, en langage de député pour lui-même: donnez-moi des places, plusieurs places, beaucoup de places et de l'argent.

» Le député a rempli ce premier devoir,

obligé par son mandat ; le lendemain il siége, vous savez où ; il vote, vous devinez : des fonds ; au dépens de qui ? vous devinez encore : du paysan ; au profit de qui ? ah ! cette fois, vous ne devinez point ; ce n'est pas au profit du paysan. Tirez donc le rideau : derrière, là, vous y êtes ; ces habits brodés, ces gros ventres, ces figures réjouies ; mon Dieu, quelle peine ! il faut vous les montrer du doigt. »

A ce discours, mes voisins restèrent froids et impassibles ; le bon sens devait me dire pourquoi. En effet, le contribuable censitaire ne voit dans l'élection et dans sa qualité d'électeur que le droit de se hisser aux emplois et de palper l'argent ; aussi, mes auditeurs, n'entendant parler ni de places, ni de pécune, branlèrent la tête en signe d'improbation ; si bien que, tout à coup, la raison, cette lumière du ciel, dessilla mes yeux. Me retournant alors, comme un inspiré, je changeai mon langage, ma conviction, ma foi politique :

» Oui, Messieurs, je le reconnais, de nos jours il faut un député à la main preste et capace, main ministérielle pouvant saisir à la volée toutes les nominations, depuis le simple garde-champêtre jusqu'au receveur-général. Voilà le député par excellence. A l'ouvrage, Messieurs, à l'ouvrage ; consommons l'œuvre de notre régénération sociale !

» Agneaux, brebis électorales, ne vous laissez donc pas égarer par une séduction perfide ; persistez dans le choix d'un candidat du centre, dans quelques mois, quel honneur pour vous ! Vous aurez un GUILLOT plus beau qu'un tambour-major ! Il reviendra au milieu de vous couvert de plumes, de décorations, de broderies, d'écharpes, de galons dorés ; qui sait ! peut être même marqué d'un crachat !

» Réjouissez-vous, braves gens ! l'un sera fait receveur particulier ; l'autre, sous-préfet ; au troisième, républicain renégat, une place de juge est réservée. Vous obtiendrez tout, des honneurs, des distinctions, de l'argent, et, pour vos enfans, vos neveux, vos protégés, distribution complète vous sera faite, de demi-bourses, de bourses tout entières et de brevets de surnuméraires ! »

Cette dernière partie de ma harangue fut couverte d'un tonnerre d'applaudissemens.

Conseils à ma Voisine.

Ma voisine,

Il vous souvient, sans doute, de ces trois jours, où le peuple improvisant une gigantesque corporation, la bouche noircie de la cartouche que sa dent déchirait pour pour envoyer la mort et briser un trône en hostilité contre la nation: il vous souvient, dis-je, de cet ouragan, de ce coup de tonnerre qu'avec anxiété et frayeur, de vos appartemens, vous vîtes passer dans la rue.

Le spectacle, dit-on, était beau et horrible tout à la fois. La tempête calmée, un nouveau soleil resplendissant s'éleva de l'Orient et mit pour arriver à son zénith huit années d'une marche radieuse et féconde.

Des ministres dont la gloire efface celle de Sully apparurent alors.

Ces hommes, grands maîtres en l'art de diriger le gouvernement; ces sages, bien plus nombreux que tous les sages lentement et péniblement enfantés par les générations mortes de l'antiquité; ces diplomates, l'espérance de l'avenir, les bienfaiteurs nés des générations futures, les demi-dieux que des autels attendent et à qui chaque peuple désormais sacrifiera, furent bientôt en butte à l'envie et aux coups de fouet de la satire.

L'émeute décela l'existence d'une foule innombrable d'esprits mécontens, turbulens, furieux, furibonds, révolutionnaires et pestiférés.

Cependant la justice ne se fit point attendre : les malfaiteurs furent baillonnés, incarcérés, enchaînés, déportés, fusillés, mitraillés, guillotinés ou assommés.

Qui le croirait! la rigueur des supplices enfanta de nouveaux prosélytes, de nouveaux martyrs, et l'hydre vit encore !

Oui, ma voisine, l'hydre révolutionnaire! Il n'y a ici ni mouchards, ni procureurs du roi ; je puis vous parler sans crainte, écoutez :

Les ennemis du gouvernement (et le nombre en est grand), des Catilina de carrefour, prétendent que mes maîtres serviteurs de l'honnorable juste-milieu), n'étant pas des hommes d'honneur et de conscience, mais des mannequins, des eunuques, des crétins, des escrocs, ne peuvent se hisser et se maintenir sur les barreaux de l'échelle que par la bassesse et la corruption. Le juste-milieu (ce sont les vauriens qui parlent), aurait contracté l'obligation impérieuse de satisfaire aux exigences de la cohue paresseuse, mendiante, parasite des courtisans, ainsi que la cohue non moins avide, non moins ignoble de leurs électeurs, troupe de faméliques désirant être titrés, décorés, gagés, galonnés, stipendiés ou aumônés, le tout aux dépens du peuple.

Ma voisine, êtes-vous étrangère à ces diffamations?

Voilà l'attaque des factieux; puis leur colère se soulève. et l'ire des méchans se déchaîne sans pitié sur d'honnêtes fonctionnaires publics. qu'ils assimilent au pauvre chien favori portant muselière et habit brodé.

Je vous le demande : n'est-il pas singulier de les voir s'ériger ainsi en censeurs flagellateurs, car, après tout, peut se faire chien qui veut, et lèche qui peut les assiettes; dédaigne qui voudra l'argent, les places et la croix d'honneur; mais les apprécie qui voudra. Quant à moi, je le déclare, pour une croix d'honneur, je m'exposerais à me faire rouer de coups en invectivant quiconque n'ôte pas son chapeau et ne s'humilie pas devant une livrée; non livrée de laquais appartenant à la bourgeoisie ou au petit commerce, dont le dimanche nous ferons fermer les boutiques, fi donc! mais livrée superbe de nos bienfaiteurs, de nos protecteurs, messieurs et serviteurs du juste-milieu, si indignement décriés. Oui, pour une croix d'honneur je me mettrais à plat-ventre devant une excellence. C'est que la croix d'honneur, n'en déplaise aux factieux, ne se trouve pas dans la hotte d'un chiffonnier. Une croix d'honneur! Le ruban rouge que la victoire attacha à la boutonnière du soldat sous une voûte de mitraille! Ce brillant ruban rouge qui, dans nos jours de paix, à notre époque de prudence, est devenu la récompense des braves bureaucrates! Qu'il est donc criminel le factieux qui en méconnaît la gloire! infâme! le glaive de la police est suspendu sur sa tête!

Ma voisine, êtes-vous étrangère à ces nouvelles diffamations?

Voulez-vous que le juste-milieu permette plus long-temps ces furibondes déclarations qui lui sont particulièrement adressées? Qu'il laisse les factieux ameuter la populace qui, sur la place publique, peut, dans un moment d'émeute, lui meurtrir le visage à coups de poings! Non, l'énergie sera son partage, il contiendra les frénétiques, il aura le courage du lion; s'il hésite, je me fais son sauveur : armé de prudence, je coupe la corde des réverbères, car le crime s'accroche à tout.

Tant de propos infâmes m'irritent et m'exaspèrent : mes maîtres, protecteurs de créatures serviles et incapables, que la fortune attèle à son char, mais sales de boue, d'ignorance et de mépris; mes maîtres se servir du soldat armé pour égorger son frère malheureux et sans défense; mes maîtres, dissiper les trésors de l'état, se servir de ce puissant levier avec tant d'effronterie qu'ils laisseraient voir leur corruption dans toute sa hideuse nudité! Vraiment, ma voisine, le peuple est égaré; nous avons besoin d'une Sibérie pour les henriquinquistes, d'un Botany-Bay pour les napoléonistes, et d'un tropique cancéreux politique, plus dévorateur que celui de Sainte-Hélène, sous lequel nous enverrons mourir les républicains.

Consultons l'histoire, la politique des temps barbares, les siècles de servage même; eh bien, vit-on jamais, sous n'importe quel gouvernement, un ministre assez peu jaloux de remplir avec honneur et probité la haute mission qui lui fut confiée pour s'abaisser à servir de commis ou de courtier à une coterie affamée de places, de despotisme et d'argent? L'erreur est commune à tous les hommes, un ministre est homme; à la vérité un homme supérieur par ses vues politiques et le maniement des espèces, mais toujours est-il homme, par conséquent sujet à l'erreur: il peut se tromper ou être trompé. Mais destituer par caprice l'honnête fonctionnaire qui ne puise ses inspirations que dans la droiture de son cœur! se laisser maîtriser par une poignée d'intrigans!

céder aux cajoleries et aux sollicitations d'une jolie coquette dont le sourire promet un échange réciproque de faveurs! mettre en place des adulateurs, des délateurs, de plats valets! accorder à la cabale ce qui est légitimement dû au mérite éprouvé! salarier des espions aux dépens du contribuable! gagner les consciences avec l'or de ce même contribuable! cela ne s'est jamais vu... Calomnie!!!.....

Je veux mettre à découvert toute la criminalité des factieux : siècles, consciences chrétiennes, sachez que ces frénétiques portent l'insolence atroce jusqu'à sangler des coups de fouet sur la vénérable soutane du charitable pasteur placé entre les hommes et Dieu pour les réconcilier; ce laborieux ensemenceur du véritable blé sans ivraie, ce pacificateur de nos ménages, qui console, évangélise les ouailles du Seigneur, ramène au bercail les brebis égarées, leur ouvre les voies de la miséricorde, et, accomplissant jusqu'au bout un saint devoir, leur prend, au lit de mort, une bourse inutile pour leur acheter une belle place dans le ciel.

D'où nous viennent donc tant de maux?

Si nous remontons à leur source, ma voisine, aussitôt l'expérience nous guide et nous éclaire : c'est la presse, la licence de la presse qui bouleverse ainsi les idées; elle seule produit tout ces coupables. Maudite presse ! c'est une lèpre générale et qui gangrène ; elle s'attache à l'intelligence humaine comme une vermine indestructible.

Malheureuse époque de désastres et d'afflictions ! aujourd'hui les gouvernés méconnaissent la divinité qui les dirige ; tous veulent parler la langue de la diplomatie, pénétrer ses divins secrets et ses sublimes mystères ; profanes sans pudeur, sans loi, sans foi, sans aveu ! Ils prétendent qu'avec une profession de journalier, et leurs modiques impôts, qu'ils font sonner bien fort, ils ont droit à discuter tout, à connaître tout, à être initiés à tout ; vrais criailleurs, tapageurs, ignobles ouvriers travaillant à leur Babel, et déjà ne s'entendant plus ! Enfin, jusqu'au savetier, dans son échoppe, qui s'en mêle ; scélératesse ! Le juste-milieu a bien tort, s'il a des amis à la chambre, de ne pas produire à fournées des lois draconiennes, et surtout de ne pas demander qu'elles soient exécutées sous la protection des joncs plombés, jusqu'à ce que mort s'en suive, ou que le coupable ait vomi quelques sacs de cent pistoles. A sa place je me déclarerais, moi, en état de fureur permanente.

Oui, ma vosine, c'est à la licence de la presse que l'on doit ce sauvage et burlesque dévergondage. Quand je dis à la licence de la presse, je n'entends parler que de la licence de la mauvaise presse : il y a presse et presse, et il faut distinguer. Je vous signale cette grande coquine de presse, cette effrontée qui, non-seulement insulte le passant dans les rues ou le *raccroche* comme fait une lascive fille de joie, mais se permet encore de s'attaquer aux braves gardes nationaux et autres gens paisibles et inoffensifs : agneaux sous les armes, lions dans la discussion.

Et même, voyez le bravache Cormenin, héritier du satirique Paul-Louis Courrier, qui, sans respect aucun, insulte, attaque, harcèle le juste-milieu, par derrière, par devant, de tous côtés, en place publique, dans les salons, dans la rue, partout où il le rencontre, et ne se fait même aucun scrupule, tant il est audacieux, de déchirer à belles dents et grands coups de griffes les magnifiques robes, draperies et ornemens de la très estimable princesse et dame LISTE CIVILE.

Oui, je vous signale cette presse calomniatrice, bavarde et commère dangereuse qui dit tout ce qu'elle sait et tout ce qu'elle ne sait pas; qui parle aux quatre coins de la France, comme la revendeuse des halles qui scandalise ceux même qui viennent à sa boutique; cette mégère, qui, allumant les brandons de la discorde, met partout le feu, monte les faibles cerveaux, fait des pervers, fait des damnés, des brigands, des révolutionnaires, des forçats, des Laitys, des terroristes qui n'ont pas à se plaindre, après tout, des châtimens bien mérités que la Cour des pairs peut leur infliger.

Et à quel excès cette effervescence abominable serait-elle poussée, grand Dieu! si la douce, la bonne, l'indulgente presse réconciliatrice, dont on n'a jamais su payer les services, ne s'empressait d'éteindre tous les jours, par un déluge d'innocentes récriminations, l'incendie qui tous les jours se rallume et se propage. O philantropique presse, ange gardien de la société, ne te décourages pas; travaille jour et nuit; mais fais-toi bien salarier tes peines et tes veilles; si tu n'as pas assez, demande encore, puis encore; demande toujours, sans cependant renoncer à puiser dans la caisse des fonds secrets, que le peuple paie; et sauve de la tourmente émeutière notre adorable juste-milieu, la seule représentation nationale argentée et dorée.

Ma voisine, répondez-moi la main sur le cœur : N'avez-vous jamais trempé dans ces complots de la mauvaise presse? N'avez-vous jamais outragé nos glorieux employés d'administration publique, presque tous décorés, et nos électeurs, grands et puissans politiques, qui ont enrichi la nation d'une chambre de Députés que le peuple ne peut corrompre?

Vous êtes coupable!

Si je ne m'abuse, par spéculation, non par conviction, vous me ridiculisez. Par spéculation aussi et non par conviction, (car c'est une industrie à l'ordre du jour), vous persiflez mes chers maîtres, tous hommes de courage et d'énergie, et hauts suzerains des bourses. Halte-là; ce dernier chef d'accusation je le relève, car il me saigne le cœur. Ma voisine, dussé-je à l'exemple de l'homme-dieu être cloué sur croix et voir ceindre mon front d'une couronne d'épines, je ne laisserai pas traîner mes bienfaiteurs dans la boue.

Mes maîtres sont des hommes d'honneur, ma voisine, et vous avez tort de les lapider; peut-être ne possèdent-ils pas de grands talens, d'accord, mais, vous ne pouvez le constater, leurs sacoches sont alimentées par la grande sacoche des fonds secrets, ce qui vaut encore mieux. Après tout, profonds diplomates ou nullités diplomatiques, ne conduisent-ils pas sur un chemin de roses le char de nos destinées? Tout le monde est riche, car tout le monde paie d'énormes impôts : conséquence juste; et vous, levant la tête dans la foule des factieux, vous faites entendre des cris lamentables. Que diriez-vous donc, ma voisine, si, comme moi, dans la même année, la main bienfaisante du ministère public vous eût placé cinq fois, (au sujet d'une brochure intitulée : MES EXCUSES A MM. LES MARCHANDS DE SEL,) sur les bancs de la police correctionnelle, et deux fois, (à l'occasion d'une bluette ayant pour titre : UN BAPTÊME,) sur la sellette de la Cour d'assises? Vous eussiez fait usage de vos dents, eh bien, moi, j'ai baisé cette main chérie, je l'ai arrosée de mes larmes ; on m'a donné un soufflet, j'ai tendu l'autre joue, et cependant..... je vous fais en confidence cette comparaison :

De même que pour connaître l'or il faut être plus que bijoutier et fabricant de monnaie, il faut être juif, de même pour trouver dans mon intention pure vingt-deux chefs d'accusations, il faut être savant criminaliste ou profond criminel..... Aussi, depuis ce jour, malgré moi, la présence d'un procureur du roi ou d'un gendarme me glace de frayeur !

Pardon de la digression ; je reviens, ma voisine, à mon sujet, qui a pour but de vous prier à mains jointes de ne plus m'invectiver, et si la charité chrétienne a de l'empire sur vous, ne traînez plus la réputation de nos maîtres dans les ruisseaux ; sachez qu'ils sont infiniment bons, [illegible] t aimables, et que le péché leur [illegible] fin, si, en venant au monde, vous avez sucé le lait d'une lionne de la Numidie, que la prudence du serpent au moins vous guide; réfléchissez que mes excellences ont à discrétion, argent, mouchards, esprit, pétards, canons, épiciers, bayonnettes, geôles et geôliers; en sus, de volumineux portefeuilles desquels ils tirent, au besoin, places, titres, récompenses nationales, etc., et par dessus tout, les philantropiques lois de septembre.

Croyez-moi, ma voisine, soyez muette, aveugle, sourde, autrement il y a des dénonciateurs, des empoigneurs, des meneurs, des jugeurs; braves gens, mais gens à craindre dans votre position hostile; et quand une fois on vous tiendrait bien scellée entre quatre hautes murailles, je vous le dis en vérité, vous ne verriez plus de soleil, plus de pain blanc, plus de joie, plus d'amis; on ne trouve là que privations, solitude, tristesse, désespoir, et des voûtes noires où la voix du souffrant s'éteint en faibles murmures sous de longs corridors. Ma voisine, je vous le répète, mes maîtres sont infiniment bons, infiniment aimables, mais ne vous y fiez pas, car l'homme le plus sage a dans la vie des momens de mauvaise humeur.

Hier, vous m'avez porté un coup de poignard : « Plus on fait de mal, m'écrivez-» vous, plus on prépare de vengeances; » quand les hommes de courage et d'éner-

» gie sont poussés à l'état d'animosité et
» d'exaspération par la politique sèche et
» froide de l'égoïsme, c'est aux gouver-
» nans de calmer les douleurs, d'y appor-
» ter un remède prompt et salutaire, car
» on s'habitue à la misère, à toutes les pri-
» vations, mais les vexations humiliantes
» qui en sont les suites, ces souffrances-là
» se gravent dans la mémoire et ne s'effa-
» cent plus; on vit sous l'empire d'une
» colère étouffée qui ne s'éteint que dans
» la tombe ou dans le sang. » Ah! ma voisine, vous me déchirez l'âme! Si vos réflexions eussent été applicables à notre état social, je tombais foudroyé.

J'en ai été quitte pour un cauchemar. La nuit un fantôme m'est apparu, s'est tenu longtemps debout sur ma poitrine qu'il semblait vouloir enfoncer; puis, faisant un pas en arrière, il se baisse, ramasse dans l'ordure les nobles mais poudreux vêtemens de l'aristocratie, et me dit : Valet d'anti-chambre, prends ces guenilles, couvre ta nudité et suis-moi. J'obéis. Arrivés au milieu de la foule, tout-à-coup le fantôme grandit et devient géant; sa main sèche et nerveuse saisit un pavé, le fait voler au-dessus de cent mille bayonnettes, en frappe une croisée traversée de barres de fer, les rompt et pulvérise du même coup, dans une vaste salle aux lambris d'or, une vieille idole, toute vermoulue et tachée du sang du peuple. A l'instant le fantôme se transforme en amazone, la lance au poing et le bonnet de liberté sur la tête. La multitude remplit l'air d'acclamations, salue la déesse, tandis qu'elle, s'enveloppant des nuages que produisent les salves d'artillerie, s'élève vers les cieux et disparaît. C'était la France... Dans l'auréole de gloire qui couronnait son front on lisait, écrit en caractères de feu : 29 *Juillet*.

Ne vaudrait-il pas mieux, ma voisine, me dire franchement dans quelle intention vous cherchez à troubler ainsi la béatitude dont je jouis ; seriez-vous, parce qu'il est l'antagoniste de vos opinions politiques, jalouse du bonheur de votre prochain ? ou bien tiendriez-vous particulièrement aux espèces ? Dans ce dernier cas, le plus probable, qui vous empêche de faire volte-face, et, au lieu de soutenir un parti perclus, de vous vendre, de vous jeter dans l'intrigue en faveur de mes maîtres ; vous serez choyée, payée, gratifiée, pensionnée, hébergée, couverte de dignités ; heureuse, bien heureuse profession ! Non que je veuille ici vous séduire, mais je vous le jure, la main sur la conscience, depuis que j'ai adopté ce régime je me trouve dans le paradis ; seulement, soir et matin je fais cette courte prière : Que Dieu maintienne les percepteurs, les gendarmes, les procureurs du roi et, ma foi je vous l'avoue, j'ai aussi un faible pour les lois de septembre.

Mais, Dieu, que je suis simple ! et pourquoi ne soutiendriez-vous pas deux partis à la fois ; tendez vos deux mains, elles se rempliront d'or des deux côtés. Cet avis, du reste, n'est point un secret dont je puisse demander le brevet d'invention, il en est tant qui font ainsi ; seulement il faut de la prudence, du mystère et deux faces.

Suivez donc mon exemple, ma voisine: devenez l'âme damnée du pouvoir ; pas de répugnance, pas de faiblesse : il faut être mangeur ou mangé, courtisan ou libéral. Evitez les écarts de ma jeunesse ; moi aussi j'ai été libéral, franc libéral ; ce que notre auguste aristocratie, puis, en sous-œuvre, notre amée et féale vindicte publique qualifie de républicanisme ; et c'est alors que je jetai la pierre au patriarchal juste-milieu. Qui, moi ! m'écriais-je à haute voix, j'aurais la lâcheté de revêtir la robe virginale de ces hauts mendiants (très humbles serviteurs du juste-milieu), dont la doublure, je le sais, dessine les larmes du peuple et des chaînes pour le peuple ! Monter dans la chaire de ces imposteurs avec un masque hypocrite sur la figure ! brûler de l'encens sur leur autel ! Non, la droiture de mes sentimens a jeté entre moi et cette ignoble race une barrière infranchissable ; si je fais un pas, je tombe dans l'opprobre. Insensé que j'étais ! je craignais la honte et je suis tombé sur les fonds secrets.

Du courage, ma voisine, et aussitôt votre apparition dans les rangs, mes seigneurs vous feront de magnifiques promesses, ils n'en sont point avares ; leurs gens vous donneront des poignées de main, et, selon l'élasticité de votre conscience, vous serez peut-être appelée à jouir de la faveur insigne de glisser la main dans un portefeuille ministériel ; alors, le moral électrisé, vous vous sentirez la force de terrasser la liberté importune, de porter en triomphe sur vos épaules l'aristocratie financière, et de rappeler en même temps vos pauvres voyageurs errants, égarés, objet de toute votre sollicitude. Oui, vous ferez ample récolte dans ce portefeuille ministériel qui renferme sous ses plis de quoi faire palpiter tous les cœurs généreux, de quoi sensibiliser toutes les consciences incorruptibles ; dans ce portefeuille, véritable corne d'abondance, qui regorge de titres, de places, de brevets, cachés à l'avidité des émeutiers, de ces libéraux insatiables que la roue de la fortune a ramassés dans l'ornière, et qui voudraient aujourd'hui user de leur position sociale pour mettre le pied sur l'honnête homme juste-milieu, et l'écraser.

A l'avenir, ma voisine, vous serez raisonnable, je l'espère ; en me voyant marcher la colonne dorsale en double, le regard observateur (vous devinez pourquoi), la main *griffée* par l'habitude de ramasser, pour moi et les miens, les faveurs qui pleuvent du maroquin rouge ; au moins ne me ridiculisez plus avec autant d'amertume ; surtout point de sarcasmes à l'adresse directe ou indirecte de nos chères excellences, car, en politique, c'est un péché capital, impardonnable, dont les effets inévitables sont : l'amende, qui consomme la ruine du délinquant, et la mort lente et rhumatismale des cachots humides, qui achève de venger la société outragée.

Adieu, mon aimable mais piquante voisine ; je vous le répète d'effusion de cœur, faites-vous girouette ; dormez paisiblement sur les calamités publiques, et principalement profitez du bon plaisir, car chacun vit pour lui. Ne croyez pas que le cœur humain se soit retrempé dans la vertu ; l'ambition y domine toujours ; ce n'est plus sans doute cette ambition du despote qui marchait avec un sceptre de fer à la main, disant au roturier : Courbe ton front devant moi, devant ma noblesse, devant mon clergé ; c'est l'ambition de l'égoïsme : la plus grande part pour moi !

Qu'importe que les autres meurent de faim, de fatigue, de misère ou de désespoir ; il veut parvenir à la fortune, aux places, aux honneurs, et il y parviendra, dût-il s'élever sur des monceaux de victimes ! Faut-il s'agenouiller ? à genoux ; faut-il trahir l'honneur ? l'honneur ! C'est une chimère : l'égoïste se fait traître. Faut-il corrompre les consciences ? il se transforme en corrupteur. Faut-il espionner ? il est partout, il écoute tout. L'égoïste triomphe, saisit le butin, s'élève avec fierté, jette un regard dédaigneux sur l'humble, mais honnête artisan, et déjà rêve une nouvelle proie, car sa rapacité n'est pas assouvie.

Une seule recommandation : Fuyez, fuyez l'opposition, elle est plus à craindre que la peste, la guerre et la famine ensemble. Puis, d'ailleurs, l'opposition n'a point de portefeuille, à moins que ce ne soit le fruit d'un larcin ou d'une filouterie ; et autour d'elle, que voit-on se grouper ? Le peuple, rien que le peuple ; mais point d'administrateurs, point de procureurs du roi ; la corruption pourrait-elle jamais avoir prise sur la conscience pure de cette classe d'hommes vertueux à qui le royaume du ciel est ouvert. Point de hauts fonctionnaires non plus, car ils détestent l'opposition qui voudrait dîmer leurs modiques appointemens : pensée vandale !

Et vous, nobles et dignes receveurs-généraux, conseillers d'états, préfets, directeurs, maréchaux, ambassadeurs, qui, pour la gloire des peuples, dépensez dans le faste des sommes considérables, vous n'avez pour l'opposition que ce qu'elle mérite, de la répugnance et du dédain. Louange à vous! L'argent du peuple vaut mieux que ses applaudissemens

Cependant une foule immense adore l'idole satanique et baise sa patène: je dois vous le dire, ce ne sont que des contribuables, race avare qui ne voudrait pas payer quatre sous la livre de sel.

Maintenant, comme il faut tout prévoir, si par hasard, ma voisine, une émeute sérieuse éclate et que les pompes, d'heureuse mémoire, ne reproduisent plus l'effet d'un talisman, comptez toujours sur mon extrême obligeance; j'ai des caves bien grillées à votre service, dans lesquelles nous nous renfermerons, et d'où nous ne sortirons qu'au bout de trois jours, avec un coup de sabre simulé sur la figure. Autre chose qui doit nous tranquilliser: monseigneur m'a fait, dans ses largesses, abondante fourniture de petits pots propres à grimer, et d'excellente teinture pour les cheveux et la barbe; en bon voisin je partagerai avec vous. Alors, sortant de notre réduit, à notre apparition, avec nos figures d'acteurs de mélodrame, le peuple nous portera en triomphe pour prix de notre patriotisme ; quant aux places, nous nous y porterons nous-mêmes.

Adieu, ma voisine, puisse le juste-milieu vous éclairer de ses lumières politiques. Allez et ne péchez plus.

PROSPECTUS

DU JOURNAL

LE SUJET,

Qui sera déposé chez le notaire du roi.

Entre le sieur Sers et les actionnaires, bons et loyaux courtisans, signataires des présentes, il a été convenu :

ARTICLE PREMIER. Un journal intitulé le SUJET est et demeure fondé sous la direction du sieur Sers, qui s'engage (et il y parviendra selon toute apparence), à quadrupler le taux de la souscription, 1° à l'aide des fonds secrets; 2° *bis*; 3° *idem*.

ART. 2. Les colonnes dudit journal ne seront remplies que de louanges adressées aux hommes en place; si les fonctionnaires sont députés ou pairs, il y aura louanges sur louanges; si ce sont des ministres, la louange sera outrée. Le tout sans distinction de nuance politique. Voici du reste la mesure qui sera observée :

La noblesse, le clergé : un coup d'encensoir.

Les hauts fonctionnaires : double coup d'encensoir.

Le ministère : triple coup d'encensoir.

Les électeurs : demi coup d'encensoir.

Les libéraux : rien.

Le ministère public : plusieurs coups d'encensoir.

La cour : des coups d'encensoir jusqu'à ce que le bras en soit rompu.

La liberté : un coup d'encensoir, mais lancé à tour de bras sur la tête, de manière, sinon à la tuer, du moins à l'étourdir.

Art. 3. Le premier devoir des rédacteurs sera de s'élever avec indignation contre la moindre attaque faite aux hommes en place, sans oublier l'honnête salarié qui voit tout, est partout, écoute tout *et dit tout*.

Art. 4. Des actions de grâce seront particulièrement rendues au ministère public pour la gloire qu'il acquiert dans la poursuite des délits de presse. Si le délinquant échappe au coup de filet, il sera montré du doigt, insulté, bafoué, calomnié, diffamé, ruiné, espionné et traîné sur la claie comme pamphlétaire.

Art. 5. Quelques jours avant le vote des

fonds secrets, le journal représentera la nation à la veille d'être envahie et déchirée par la fureur des républicains; les mots ÉCHAFAUD, MASSACRE, TORCHE INCENDIAIRE, seront écrits en caractères gros et lisibles; on affirmera même, au besoin, par bon nombre de témoins oculaires, que Fieschi est ressuscité. Une fois les fonds votés, on reproduira en lettres capitales: LA FRANCE EST HEUREUSE, LA FRANCE EST PROSPÈRE ET L'ORDRE RÈGNE PARTOUT.

ART. 6. Un article hebdomadaire sera consacré à prouver que les hauts fonctionnaires sont en complète misère; les malheureux trop heureux. On présentera les hauts fonctionnaires travaillant depuis le lever du soleil jusqu'à son coucher, gagnant à peine de quoi soutenir leur pénible existence; les malheureux se promenant en calèche du matin au soir, ou exerçant leurs chevaux de luxe dans les hippodromes.

ART. 7. La Sainte-Alliance des rois contre les peuples sera l'objet d'une polémique chaleureuse, dans laquelle on rendra aux rois leur titre méconnu de demi-dieux, aux peuples celui de troupeaux. En conséquence, les premiers, comme aussi leurs honorables courtisans, seront couverts d'or ; les derniers, leurs familles comprises, seront couverts de haillons.

Nota : Les personnes qui désireront prendre des actions dans le journal le Sujet seront prévenues, par la voie de la presse, du jour où le dépôt du présent prospectus aura été fait.

Afin de satisfaire aux exigences des diverses opinions politiques, le gérant responsable signera Brutus-Henry (et ses autres prénoms.)

LE SUJET.

VIVRE RICHE OU MOURIR!!!

PROFESSION DE FOI.

Tout écrivain qui met le pied dans la lice pour défendre soit une opinion, soit un parti, doit à la société une profession de foi sincère. Sa figure, sa pensée, ne doivent point être masquées ou voilées; soldat du pape, champion d'une liste civile, ou déchireur de cartouches sur la place publique, l'honneur lui défend de grimer, farder ou tronquer ses convictions politiques.

C'est, fort de ce devoir écrit dans ma conscience, que je ramasse le véritable fouet de Némésis, pour en frapper les libéraux, les républicains, et les contribuables en retard de solder leurs cotes.

Or, je déclare être ministériel; je déclare aimer l'argent, les places, les priviléges, les pensions, gratifications, décorations et subventions.

Je déclare également à haute voix que

mon zèle et mon dévouement sont à toute épreuve, à l'exception seulement de me faire assommeur sur la place de la Bourse. Mais m'affubler de l'uniforme de gendarme; mais placer sur ma tête la toque de procureur du roi; mais porter à ma ceinture les clés et cadenas d'un geôlier! à moi d'accomplir ces missions salariées. A moi d'empoigner, de lancer mandat d'arrêt, d'écrouer les radicaux! à moi de maintenir l'ordre public et de faire respecter nos excellences, la cour et les courtisans, les solliciteurs en crédit, les électeurs influents, la noblesse qui a fait volte-face, et tout ce que la France, ou le budget, ou le bon contribuable entretiennent dans l'opulence et les priviléges! cet honneur, je le revendique envers et contre tous.

Le ministère public, particulièrement, a une part immense à ma gratitude et à mon affection. Je l'avoue cependant, il a cruellement éprouvé ma religion politique; pour un écart que j'ai fait naguère, il m'a fait subir de rudes angoisses; mais qui aime bien châtie bien : le ministère public m'idolâtre, je puis le dire et me flatter d'une préférence toute particulière. Aussi, maintenant, dominé par un sentiment prodigieux, incommensurable de reconnaissance et d'attachement, qui est porté jusqu'au fanatisme, si je commettais la moindre faute, le moindre péché véniel politique, contre un membre du parquet, je suis homme à me présenter sur le Pont-Neuf avec un faisceau de verges à la main, et de dire au premier garde municipal que je rencontrerai : frappez, punissez-moi devant tout le monde, d'avoir médi du ministère public.

Complétant ma profession de foi, je dois le dire également : je ne repousse, sous aucun prétexte, le titre de pamphlétaire, dont m'ont qualifié et gratifié les radicaux. Oui, je l'accepte, ce titre de pamphlétaire ; je m'en fais gloire ; c'est une auréole ministérielle dont j'entoure mon front avec autant d'orgueil, et plus peut-être, qu'un monarque puissant, ayant des millions d'esclaves à son service, ne porte un diadème tout étincelant de diamants. Ah ! si j'étais pamphlétaire, ennemi des gens de bien qui manipulent les fonds de l'état, malédiction ! j'aimerais mieux livrer mon âme à Satan ! Mais le champion du système, le bras de fer de la cour ; oh, bonheur ! oh, délicieux enthousiasme ! ce courage a des applaudissemens sur la terre et des lauriers dans le ciel.

Magnanimes excellences ! c'est avec un nouveau plaisir que je viens à vos pieds porter l'assurance de mon respectueux dévouement et de ma haute considération ; je veux que votre volonté soit faite sur la place publique comme dans vos antichambres ; parlez, je suis à vous.

Vive la Sainte-Alliance ! vive les cosaques ! vive le juste-milieu !

Afin de mettre le lecteur à même de bien connaître la couleur politique de notre journal, nous allons rassembler quelques fragmens épars qui déjà nous ont été fournis par nos estimables collaborateurs.

Nouvelles récentes.

Dans la rue Saint-Denis, deux jeunes filles se sont asphyxiées. — Jean Daniel, couvreur, est tombé du toit d'une maison et n'a survécu que quelques minutes à cette chute épouvantable ; son cadavre tout mutilé a été porté à la Morgue. — Sur le pont de la Cité, Pierre Blondeau a coupé la queue à son chat.

(X., rédacteur en chef du *Moniteur Parisien.*)

La cour est toujours entourée de l'amour et de l'estime du peuple.

(*Les Débats.*)

— Nous avons trouvé ce matin, dans la boîte de notre journal, la lettre suivante, dont nous rapportons le contenu, qui est un juste tribut d'admiration payé au génie, aux inspirations merveilleuses du christianisme municipal de la ville de Paris :

« Monsieur,

« Étranger à la capitale, par conséquent curieux d'en connaître les beautés, depuis un mois entier j'y mène la vie d'un coureur infatigable, d'un inspecteur accomplissant sa première mission : rues, places publiques, édifices, passages, boulevarts, quais, spectacles ; rien n'a échappé à mes yeux. Partout j'ai trouvé l'éclat et la majesté, le bon goût, le cachet du grandiose. Mais les églises, surtout m'ont apparues enrichies d'un luxe d'une magnificence mondaine au-delà de toute expression. La mesquinerie du premier âge chrétien, la simplicité monotone de ses autels, ont tellement disparu, que Noé n'oserait plus avouer son arche, que Jésus-Christ ne reconnaîtrait plus ses temples, beaucoup trop modestes à leur origine, dans lesquels l'esprit religieux et inventif des temps modernes a introduit orgues, tambours, trompettes à pistons, soldats de la garde nationale et de la troupe de ligne, suisses à triple plumet, sergens-de-ville et autres objets d'ornement, de toute nécessité au recueillement du chrétien qui adresse à Dieu sa prière.

» Ce sublime spectacle, monsieur, a si prodigieusement élevé mon âme, que de ce jour je renie Calvin, pour embrasser la religion de sainte Magdeleine et de Notre-Dame Lorette. »

Ordonnance de police.

Notre vue ayant été choquée, dans nos visites des quartiers de Paris, par les vieilles affiches que l'on devrait avoir le soin de faire entièrement disparaître de dessus les murailles, afin de ne pas exposer les oisifs à lire, à chaque pas, des contre-sens ridicules, comme par exemple, sur la deuxième colonne, côté droit de l'Odéon, où l'on a placardé une affiche sur une plus ancienne, sans avoir la précaution d'en couvrir la première ligne de titre, ce qui présente, en grosses capitales :

MINISTÈRE DES AFFAIRES ÉTRANGÈRES.

ON DEMANDE UN REMPLAÇANT.

La haute réputation de notre estimable ministre le met à couvert de toute critique ; aucun homme de bien ne désire et ne manifeste encore moins le désir de voir son Excellence quitter la place qu'elle occupe si dignement dans le Conseil ; cependant comme il est désagréable d'être exposé à la plaisanterie des gens caustiques, nous avons cru devoir appeler sur ce point notre attention particulière.

En conséquence, nous ordonnons, qu'à l'avenir, les afficheurs ne poseront plus leurs placards sur d'autres placards couvrant déjà les murailles, avant d'avoir gratté les premiers, de manière à les faire disparaître entièrement. Cette précaution sage préviendra, nous l'espérons, lesdits contre-sens ridicules que nous avons trouvés imprimés sur les colonnes et les portes des divers monumens publics.

QUESTION DES CINQ POUR CENT.

— Les batteurs en brèche de la gauche se préparent, dit-on, à combattre de nouveau le ministère, au sujet de la réduction des cinq pour cent. Nous engageons ces honorables adversaires à ne point se mettre en frais de calculs et de lazzis; Son Excellence, monseigneur le ministre des finances, connu si avantageusement par la profondeur de son génie mathématicien, devant présenter le projet de loi suivant, qui, sans mériter les reproches de messieurs les rentiers, offrira aux contribuables une satisfaction factice :

ART. Ier.—A compter du 1er avril 1.39, tout sujet, porteur d'un certificat de civisme, délivré par le maire de sa commune, bien et dument contre-signé du sous-préfet, et frappé du sceau d'icelui;

ensemble d'un billet de confession, en forme, obtiendra une inscription sur le grand-livre, portant reçu des sommes qu'il aura versées au trésor, et dont l'intérêt lui sera payé annuellement, au taux de quatre-et-demi pour cent.

Art. 2. Les sommes versées au trésor, en conformité de l'article qui précède, seront affectées, à éteindre, vingtième par vingtième, et au prorata de ce qui sera dû à chaque particulier, les anciennes créances portées sur le grand-livre de la dette publique.

Nota. Ce projet de loi, à peine ébauché, pouvant avoir des conséquences sérieuses, lorsqu'il sera bien compris, nous engageons nos amis inscrits sur le grand livre à en calculer la portée.

LETTRE ÉCRITE DE ***.

Département de la Charente-Inférieure.

« Monsieur le rédacteur,

» Depuis que le curé de notre commune a eu le malheur de s'oublier avec sa gouvernante, ce qui est blâmable, sans doute, mait pardonnable selon l'évangile : A tout pécheur miséricorde ; des plaisanteries, un peu trop mordantes, sont en tous lieux débitées, placardées en lettres majuscules, exprimées en caricatures : faits indignes et irréligieux ! Goguenarder un prêtre ! ridiculiser en même temps ces bonnes et saintes dévotes qui se rendaient à huis-clos, dans la chambre secrète du pasteur, y confesser leurs fautes et mériter ainsi la vie éternelle ! Ah ! monsieur, que ces bruits, que ces sarcasmes font de tort à notre église, et que les âmes pieuses doivent en gémir !

» Le scandale a été porté à son comble, lorsque M. le procureur du roi a voulu savoir, à toute force, ce qu'était devenu l'enfant et à quel sexe il appartenait.

» Mandat d'arrêt fut donc lancé contre la malheureuse gouvernante.

» Pauvre fille ! Victime innocente ! (car son âge, son inexpérience devait lui mériter grâce), cette larmoyante pécheresse fut conduite à la maison de détention, où, là, grand Dieu ! cette pensée me déchire l'âme ! elle est nourrie au pain noir et à l'eau !..... elle, qui ne buvait que du vin de Bordeaux, et mangeait, trois fois par semaine, le dimanche non-compris, les chapons bien engraissés que les pénitentes du bourg ou de la campagne offraient, à tour de rôle, à notre excellent pasteur.

» Oh ! je vous en prie, monsieur, tonnez, tonnez sans ménagement contre les mauvaises langues de notre paroisse ; soyez le trait et le bouclier de notre église ; établissez-vous son défenseur et son vengeur.

» Un de vos futurs abonnés,
» Marguillier de la paroisse. »

En vérité, il est en France, une quantité prodigieuse de communes dont l'effervescence et le dévergondage doivent éveiller l'attention de Nos Excellences, et celle de *** se trouve incontestablement de ce nombre. La lettre énergique de l'honorable marguiller, notre correspondant, nous en offre une preuve irrécusable.

Il me paraît donc de nécessité urgente de doter, dans le plus court délai, cette contrée séditieuse, irréligieuse et contagieuse, d'un gros de gendarmes, commissaires de police et autres salariés sans uniforme, mais non sans fonctions, sous la protection desquels seront placés six missionnaires, douze jésuites et ving-quatre frères ignorantins, chargés de moraliser, évangéliser, baptiser, confesser, exorciser et catéchiser les esprits turbulents et factieux de ladite commune, afin que notre saint père le Pape puisse un jour leur ouvrir les voies de la miséricorde.

VARIÉTÉS.

PARABOLE SELON SAINT MATHIEU.

574 ans avant la naissance de Jésus-Christ.

— Un gros propriétaire était venu s'établir à la campagne au milieu d'une société joyeuse de braves gens, tous laboureurs, vignerons, pâtres ou jardiniers. La satisfaction fut générale dans toute la contrée.

L'homme riche se distingua d'abord par des marques de générosité et d'affabilité qui lui attirèrent aussitôt la reconnaissance, le respect, la vénération de ces bons campagnards.

Pendant les premiers mois, ce ne fut que jeux, fêtes, plaisirs, enthousiasme. L'étranger partageait l'allégresse commune.

Peu à peu le propriétaire s'éloigna de la foule; il devient fier, défiant, politique, ombrageux; il ne sortit plus qu'entouré de valets, de flatteurs, de gourmands. Plus de joie alors; plus de fêtes, plus d'enthousiasme. Chacun se demandait la cause de ce changement extraordinaire.

Bientôt l'étranger se rendit prisonnier dans son superbe castel, où il établit à toutes les portes des plantons qui veillaient à ce que nul n'approchât du manoir.

Cette mesure de défiance étonna les bons habitans de la paisible contrée. Des gardes! se disait-on; des patrouilles! et plus encore, des espions! On en avait découvert. — L'effroi se mêla à l'étonnement.

De leur côté les campagnards se placèrent en sentinelle d'observation. Ils découvrirent que le mystérieux personnage ne recevait plus dans ses salons que des grands seigneurs, des banquiers, de hauts fonctionnaires, beaucoup de prêtres. Sur ce point, liberté entière, dirent les villageois; s'il nous dédaigne, nous lui jetterons dédain pour dédain.

Cependant pour soutenir le faste obligé et l'avarice du maître, l'intendant de sa maison établit, sur toutes les propriétés de l'étranger, des droits de champart considérables.

Les cultivateurs se soumirent, payèrent en argent ou en nature.

Ces droits furent doublés, triplés, quadruplés. Un mécontentement général se manifesta.

A cela ne se bornèrent point les sujets de haine et de malédiction ; les valets du propriétaire devinrent d'une arrogance insupportable. De l'arrogance, ils passèrent au despotisme. Bientôt leurs passions ne connurent plus de frein : vexations, vols, corruption, assassinats, incarcérations nocturnes, immoralité complète, fourberies, guet-à-pens ! ils se chargèrent de toutes les iniquités.

La rage et le désespoir armèrent enfin les cultivateurs et les poussèrent à la vengeance, non-seulement contre ces scélérats de valets, mais aussi contre le maître qui laissait consommer sous ses yeux ces épouvantables abus !

(*La suite au prochain numéro.*)

Annonces.

EN VENTE :

Un tableau qui représente des huissiers, des recors, cherchant une notabilité politique qui s'est ruinée pour le salut du peuple. La notabilité s'est exilée. On trouve écrit et placardé sur la porte de sa maison :

AU GRAND CITOYEN,

LE JUSTE-MILIEU RECONNAISSANT.

POINT DE RÉFORME
ÉLECTORALE.

Novembre 1838.

Il vient de sortir des presses du *National*, un écrit, l'expression d'une passion ultra-réformiste (*).

Sainte-alliance! patronne des rois très-chrétiens, garde à toi! Lis cette pièce irrévérente, digne du feu ou d'une lacération qui n'en laisse la moindre trace; lis, et que ton autorité diplomatico-européenne lance une réprobation solennelle contre cette proclamation, hostile à nos propres intérêts, qui sont les intérêts de la France, et que peut compromettre une bourrasque révolutionnaire, sortie d'un coin de rue!

Quant à moi, je réponds à ce manifeste montagnard: POINT DE RÉFORME ÉLECTORALE!

Pourquoi point de réforme électorale? Le système n'en veut pas; et sa volonté

(*) Voir la pétition.

est irrévocable ; la nation bien pensante n'en veut pas non plus, car elle a compris ses devoirs et s'est faite très-humble servante du système. A tout seigneur, tout honneur.

Aujourd'hui, entre ces deux puissances, il y a alliance offensive et défensive; l'amour du bien public les a unis ensemble comme le corps et l'âme, la matière et la pensée, le soldat et la discipline, le courtisan et l'étiquette.

Or, la réforme électorale est impossible, moralement, gouvernementalement, ministériellement, systématiquement, militairement ; on déplace des montagnes, on change le lit des fleuves, on n'ébranle pas des volontés gouvernementales retranchées au milieu d'un centuple bataillon carré ; appuyées du dévouement sans bornes des préfets sous-préfets, procureurs du roi et officiers de gendarmes; consolidées par nos bienheureuses lois de septembre, par quatre cent mille hommes d'armée active et plusieurs millions de gardes nationaux ; enfin, enracinées dans les assemblées électorales, dans les chambres législatives, dans les bureaux du ministère et dans les caisses du budget qui les alimente, les vivifie, leur procure en toutes saisons une sève toujours nouvelle, toujours abondante !

Dans la partie saine du corps social, cette agglomération de sujets dévoués, qui, par leurs lumières, leur patriotisme, leur coopération à la marche glorieuse et fortunée du système, constituent la nation, ne veut pas de réforme électorale, pas même l'adjonction des capacités, parmi lesquelles se montrent des hommes du progrès, dont les passions trop libérales ont besoin d'être paralisées au contraire par la compression de nos lois politiques; toujours dans l'intérêt général.

Arrière donc! prolétaire réformiste, sans fortune, et de naissance obscure; arrière! La brave garde bourgeoise de Paris saura, dans tous les cas, le contraindre au respect de ces deux commandemens :

Électeur point ne seras ;
Tes impôts, douzième par douzième paieras.

Et d'ailleurs pour arriver à l'émancipation d'un grand peuple, à qui la sagesse disciplinaire de nos excellences a fait perdre pas à pas le terrain qu'il avait gagné à coups de pavés, ne faut-il pas que les chances de succès soient égales ?

Pour que les chances de succès soient égales, il faut que la puissance assaillante ait à sa disposition, comme sa rivale, plusieurs millions de fonds secrets.

Il lui faut, répandue sur tous les points du territoire, une armée invisible, aux oreilles devineresses et aux yeux de lynx.

Son portefeuille doit contenir beaucoup

de titres, beaucoup de croix, beaucoup d'emplois d'administration publique et beaucoup de brevets de surnuméraires.

En outre elle doit disposer du poignet du gendarme, de la langue du procureur du roi et de la conscience du juge.

Au cas contraire, radicaux, contenez votre impatience; la réforme électorale, vous l'aurez un jour; mais attendez au moins que nos ministres, ces précieux économes des deniers du peuple, complètent la richesse publique, la prospérité nationale, le parfait bonheur des classes ouvrières.

Attendez que leur sagesse législative et administrative ait perfectionné le mode d'avancement des sous-officiers de notre armée de terre, et que leur tendre sollicitude se soit portée, pour en ordonner autrement, sur les coups de garcette que le caprice brutal des officiers de marine distribue ou fait distribuer, contre le vœu de la loi, à nos pauvres matelots éreintés.

Enfin, attendez que l'extrême prudence de ces demi-dieux politiques ait établi sur toutes les routes un monopole de chemins de fer, à l'aide desquels pourront s'escamoter, s'il y a lieu, personnes et trésors, les braves gens qui nous gouvernent en sous-œuvre.

En résumé, et pour trancher la question, sans partialité examinons où se trouve la majorité, puis nous déciderons en connaissance de cause. sur des calculs positifs, de quel côté penche la balance.

Vous dites : « Le peuple se divise en deux portions. l'une composée de citoyens braves et généreux qui seuls prêchent la résurrection des droits de l'homme ; l'autre grossie de cette quantité innombrable d'êtres sans volonté. sans énergie, qui semblent n'avoir été jetés sur la terre que pour la peupler d'ilotes et de domestiques.

« Ces ilotes sont nos frères; ils sont les frères des princes, des rois, des empereurs; la nature et la religion leur ont donné cette parenté, car elles ont fait tous les hommes égaux, tous descendans du même premier père.

» Eh bien, c'est la reconnaissance de ce droit imprescriptible et sacré que nous réclamons, principalement dans l'intérêt des hordes ignorantes et stupides qui se laissent atteler comme des bêtes de somme et traînent les charges de l'état.

» Dites-nous, hommes vaniteux, qui vous a accordé le droit de disposer, selon votre bon ploisir, des destinées politiques de vos semblables? Ce droit, ne le tenez-vous pas du hasard seul qui vous a donné naissance dans un rang plus élevé de la société? Si au contraire vous fussiez nés fils d'ouvriers; si le besoin vous eût élevés au travail, la hache ou le marteau à la main, souffririez-vous, avec la lâcheté de l'esclave, que l'héritier d'un aristocrate riche vous dit du haut de son orgueil : Vous ne payez pas 200 francs d'impôts ; vous n'êtes pas citoyens ; retirez-vous.

» Magnanimes privilégiés, aux 200 fr. d'impôts ! l'élite de la garde nationale, qui, sans payer le cens, a néanmoins la mesure de sa dignité et la connaissance de ses droits, conteste cette prérogative inique dont vous a investi une politique liberticide. L'amour de l'égalité qui l'anime, lui fait un devoir impérieux de réclamer le titre de citoyen pour tous ses frères riches ou pauvres, car le pauvre aussi, quand bat la générale ou sonne le tocsin, présente sa poitrine aux balles de l'ennemi.

» Ne pensez pas cependant que, devant le pouvoir législatif, se présentent les pétitionnaires, tenant d'un main la plume et de l'autre le fusil. Faites taire cette pensée, elle est injuste, la légalité seule domine l'intention.

« Mais ne croyez pas, non plus, que l'avant-garde monte aujourd'hui à la brèche pour reculer demain ; elle déclare sa volonté permanente et inébranlable ; elle plante son drapeau dans l'espoir qu'un jour prochain, viendront se rallier à ses couleurs patriotiques, ces masses d'ilotes que la civilisation constitutionnelle n'a point encore dotées de ses bienfaits ;

ces autres masses soumises, dévouées corps et âme au maître qui les a inféodées à son administration, et la majorité loyale et généreuse des électeurs qu'un noble sentiment portera à s'unir à leurs frères déshérités d'un droit légitime que leur accordent la nature et la raison. »

Si j'ai bien compris, dangereux réformistes, si justement qualifiés esprits factieux, le petit nombre de vos prosélites, considérablement réduit du reste par les assommades, les fusillades, les mitraillades obligées, ne présente plus qu'une faible minorité, débris d'une armée en déroute. Que peut alors une poignée de radicaux contre le seul bataillon sacré du système, qui compte toujours présens sous la bannière ou dans l'anti-chambre, au moins trois millions de courtisans! Donc vous n'avez pas la majorité, condition première chez un peuple constitutionnel.

A cela vous déclamez : « Si l'autorité des vertus citoyennes ne s'est pas établie avec tout l'empire qui lui est propre, c'est que l'on a fermé la bouche aux hommes libres qui osèrent monter sur son autel et prêcher son évangile.

» La première de ces vertus citoyennes est l'égalité. Sainte égalité! déité du ciel, car tu présides aux jugemens de Dieu, les riches, les puissans, les oppresseurs t'ont proscrite de la terre! La liberté de la presse pouvait seule relever ton empire et ta puissance, eh bien ! ces mêmes hommes lui ont déclaré la guerre.

» Nos diplomates, ces capucins politiques que l'intrigue a hâlés au timon des affaires publiques, dans quel but, si ce n'est celui d'enchaîner le libéralisme qui nous conduit à grands pas à la réforme électorale, ont-ils travaillé à comprimer la liberté de la presse, à l'aide du plus ignoble machiavélisme ?

» Ah ! c'est que la presse est un puissant levier, et quiconque l'enchaîne, enchaîne les progrès de la raison, appauvrit le moral des masses, les abrutit, les idiotise, et, par cette voie, crée aux forbans de la société le droit de mettre le pied et le poignard sur la gorge des peuples !

» Patriotes ! hommes de cœur et de conviction, ne vous laissez pas intimider par des grimaces, des menaces, des scènes de fantasmagorie ; appuyez tous, de vos signatures citoyennes, votre réclamation qui est juste dans le droit et dans le fait. La charte vous autorise à publier vos pensées : à l'ouvrage ; faites-vous les prédicateurs de la loi naturelle. Si l'arbitraire vous veut lier la langue : courage et persévérance, la pensée se crée, se fait, s'incarne sous les chaînes ; elle y grandit, elle s'y enrichit de tout l'intérêt dont la pare une impuissante et ridicule persécution ;

la source qui jaillit de ses profondeurs surmonte tous les obstacles dans son ascension perpendiculaire ; si une folle audace la comprime, la source travaille dans ses souterrains et bientôt se creuse un abyme. Telle est la pensée, elle veut être libre ou elle fait explosion.

» Déployez la bannière, portant cette devise : Réforme électorale ! égalité pour tous ! promenez-la du midi au septentrion, d'une frontière à l'autre frontière ; que partout se prononce la volonté des masses et que la presse libre, la presse aux cent mille trompettes, redise : *Réforme électorale ! égalité pour tous !!!* »

Bref à ces vilains discours qui ne sont pas loin de mériter, à leurs auteurs, place aux assises entre deux gardes municipaux

Mais ce que je ne puis laisser passer inaperçu, ô radicaux ! c'est l'erreur étrange dans laquelle vous semblez vous complaire. Quoi ! la presse, les journaux, ces auxiliaires d'avant-garde seraient donnés comme étant l'expression franche et hardie du libéralisme ?

Déception !

Ce libéralisme que j'ai vu clairement à travers le prisme se réduit (à quelques exceptions près), aux mots SPÉCULATION, AMOUR DE L'ARGENT.

Oui, chaque inspiration jetée dans les colonnes d'un journal libéral, soit parce que le pouvoir a dédaigné d'acheter son dévouement, soit parce qu'il lui a retiré le prix de sa servilité, est un pas fait vers une pièce de 20 fr. ; le louis fût-il dans la boue : vive le libéralisme ! On ramasse la pièce d'or.

Ce journaliste est comme un chiffonnier, il fait son butin de tout ce qui produit de l'argent : êtes-vous mal famé, banqueroutier, renégat, le judas de vos frères? Payez, vous serez prôné.

Ce journalisme repoussé par le pouvoir est une banque, une bourse, qui exploite la confiance et la crédulité des abonnés; — reproche amer, sans doute, mais mérité.

Moi, si je me faisais journaliste; si je prononçais le vœu de défendre le peuple et ses droits que vous appelez naturels, inaliénables et imprescriptibles; eh bien, moi, missionnaire du peuple; moi, défenseur des prolétaires, des prisonniers politiques, du contribuable que fatiguerait l'impôt; moi, l'athlète du pauvre opprimé, contre le riche oppresseur, avant le combat je ne me ferais point donner un bouclier d'or et une lance d'or; mon arme serait celle du pauvre, un pavé ; puis, victorieux, j'embrasserais mes frères : partageons, mes amis, le pain de la journée; vaincu, je dirais au pouvoir : le jury nous attend, partons.

Mais vos journalistis, que font-ils pour

la cause du peuple? Ces hâbleurs, plus impudens, plus éhontés que ces charlatans à la grande musique, qui hantent les marchés de campagne, où ils exercent leur industrie en plein vent, vos journalistes, charlatans eux-mêmes, font du patriotisme à tant la page, tant la ligne : par spéculation, s'entendent comme larrons en foire, louent leurs propres œuvres, se flagornent mutuellement avec une bonhomie d'habitude, un laisser-aller qui prend à leur piége libraires et lecteurs dupes. Est-ce là du libéralisme?

Soyez fripier, marchands de vieux habits; soyez journalistes, mendiant rebuté, c'est tout un : clique pour clique, juif pour juif.

Me blâme qui voudra, me traite qui voudra d'écrivain à gage, je le déclare, j'aime mille fois mieux la courageuse naïveté du journal *des Débats* et du journal *la Presse* qui disent : Le pouvoir nous paie pour le défendre, nous le défendons.

Portons notre attention sur un autre point.

La chambre des députés offre-t-elle aux réformistes un gage de la victoire?

La preuve contraire se manifeste dans la statistique peu respectueuse que la gent mercantile de conviction politique a elle-même tracée dans ses boutades de mauvaise humeur, à propos de cette auguste assemblée. Elle a dit :

« La chambre des députés, à l'exception d'un petit groupe de citoyens qui siégent à l'extrême gauche, puis les quelques légistimistes qui soutiennent à l'extrême droite la royauté de droit divin, ne se compose que de coteries rivales, toutes arlequines et saltimbanques, n'ayant qu'un seul et même but, une seule et même ambition, gagner la majorité, parce que la majorité conduit au portefeuille, et le portefeuille aux immenses richesses. Cet art de capter les consciences s'exerce plus particulièrement sur le centre, armée numérique, qui dort, ronfle ou crie : A l'ordre! mais jamais ne perd de vue des intérêts qui lui sont chers : ceux du peuple ou les siens ; je vous laisse à décider. »

Inutile sans doute d'en appeler au contribuable censitaire ; à cheval sur son droit, il s'y maintiendra de tout son pouvoir ; sa qualité d'électeur est une prérogative qui lui est acquise, c'est son bien, c'est sa rente, son majorat, l'objet de toute sa sollicitude, ah! jamais il ne partagera ce beau privilège avec l'homme vulgaire qui vit du fruit de son travail. Radicaux, ne comptez donc plus sur le concours des électeurs.

Ouvrez les yeux et voyez : il n'est pas une autorité qui ne s'élève contre la réforme que vous avez rêvée mille siècles avant son ère : fonctionnaires publics, députés, commissaires de police, ministres, gendarmes, providence, gagés de maire, surnuméraires, sainte-alliance, gardes-champêtres! Toutes ces puissances se sont écriées : Point de réforme électorale!

Après tout, et admettant même que cette fameuse pétition se couvrît d'une quantité innombrable de signatures ; que la presse réclamât l'égalité de tous au nom des masses, et que cette réclamation fût portée à la Chambre par quelques-uns de ces esprits exaltés qui ont déjà crié contre l'édification de la ceinture de bastilles destinées à protéger à Paris les libertés populaires ; qu'adviendra?

Le ministère, vivement pressé par l'opposition, montera à la tribune et dire :

« Messieurs,

» LA FRANCE EST HEUREUSE, LA FRANCE EST PROSPÈRE ET L'ORDRE RÈGNE PARTOUT

» Cependant d'honorables députés que je ne qualifierai point de révolutionnaires, de terroristes, de buveurs de sang, vous soumettent un projet de loi dont l'adoption ferait baisser les fonds publics et armerait contre nous toutes les puissances de la Sainte-Alliance.

» Le projet a pour but de rendre électeur tout citoyen qui supporte les charges de l'État.

» Ces citoyens, réunis en assemblées primaires, nommeraient des électeurs délégués.

» La convocation des délégués n'aurait plus lieu dans chaque arrondissement, mais au chef-lieu de département où seraient élus tel nombre de représentans du peuple ; c'est au moins le vœu des radicaux, parce que, allèguent-ils, le pouvoir s'assure la majorité de la Chambre, en accordant ou promettant à chaque député des faveurs pour leurs localités ou pour les meneurs, électeurs permanens, qui les ont créés dans des vues intéressées.

» Ce projet de loi, messieurs, présente deux inconvéniens graves : d'abord, il est fort douteux que vous puissiez vous maintenir dans vos fonctions de député, si toutefois vous continuez à accepter les faveurs qui sont acquises, à si juste titre, à vos lumières, à votre dévouement, à votre patriotisme. Ensuite, ces électeurs délégués, de création populaire, ne vous feront-ils pas une obligation d'alléger les charges de l'État?

» Pour alléger les charges de l'État (cette observation s'adresse plus particulièrement à messieurs les employés du gouvernement, formant la majorité), il faut réduire vos appointemens ! De bon gré, très bien ; mais par force, par l'ordre des radicaux ! ce serait une lâcheté. — Réduire vos appointemens !... Nobles représentans du peuple, aurez-vous jamais la condamnable faiblesse de consommer ce sacrifice?... Réduire vos appointemens!!!. .

« Ce projet de loi est abominable !

» La providence, qui nous protége, conjurera, je l'espère, l'orage qui gronde sur notre tête. Afin de fixer plus sûrement à notre bannière sa bienveillance accoutumée, un *Te Deum* sera chanté, les édifices publics seront illuminés ; la munificence gouvernementale distribuera en outre des croix-d'honneur, des pensions, des brevets, des titres de noblesse, des comestibles et de l'argent !

» Messieurs, la république arrive avec ses échaffauds !!!...

» La clôture ! la clôture !

La chambre passe à l'ordre du jour.

Radicaux ! douterez-vous encore de votre défaite ? Votre confiance, mille fois aveugle, comptera-t-elle encore sur le concours des représentants du peuple ? Quand cela serait ?

Mais la chambre des pairs ; mais ces vieilles expériences, ces illustrations, ces pensionnaires de l'Etat, ces conseillers de la couronne, ces géants de patriotisme, sanctionneront-ils jamais cette œuvre du démon révolutionnaire? Quoi, ces nobles législateurs, ces législateurs nobles, ne découvriraient pas, dans cette épouvantable mesure, le crime de lèze-nation, eux, dont l'admirable, l'incomparable génie constitutionnel a si justement trouvé dans la brochure dangereuse de Laity un complot contre la sûreté de l'Etat!

Ici vient échouer le dernier espoir des réformistes. La France peut dormir en paix, le Sénat veille pour elle, nouvel Argus, il ne laissera pas enlever les pommes d'or que le ministère a confiées à sa garde!

Aussitôt, sans doute, va se déchaîner la mauvaise presse, toujours prête à secouer les brandons de la discorde; la colère, les récriminations vont filtrer, vont dégorger de ses pores. Dans quel but? appeler la guerre civile? fomenter des émeutes? Mort aux émeutiers! Autres temps, autres gouvernements. Après les trois sommations voulues par la loi, les émeutiers seront fusillés, canonnés, mitraillés, bombardés; s'il en est qui résistent, après la victoire, comme au cloître Saint-Méry, tous seront égorgés.

Que les factieux se rappellent les affaires de juin: la main toute puissante du pouvoir ne les a-t-elle pas saisis derrière leurs barricades ? A la vérité, ils n'étaient que deux cent soixante-dix hommes mal armés contre quatre-vingt mille bien armés. Vu leur petit nombre, ils ont opposé une résistance courageuse, il faut en convenir, extraordinaire même : l'honorable garde nationale de la banlieue en a souvenance. Mais, à l'avenir, qu'ils ne se flattent d'aucune chance favorable ; à l'avenir, pour éviter que la victoire reste deux jours incertaine, on fera marcher mille hommes contre un ; s'il en faut cent mille, cent mille marcheront.

Factieux! souvenez-vous que tous les jours on fabrique des cartouches, on coule des boulets, on prépare de la mitraille ; souvenez-vous que nos arsenaux se remplissent d'armes; que nos fantassins, nos bombardiers, envahiront Paris, au premier signal, aux cris de vive le ministère ! à bas la pétition et les pétitionnaires !

Réformistes ! j'en ai dit assez pour votre gouverne. Que la prudence vous guide : si vous résistez à ses conseils, alors soyez maudits ; soyez pour jamais exclus des places ; que pour vous jamais la manne ne pleuve du ministère, et que vos personnes, vos enfants, vos petits-enfants et les descendants de vos petits-enfants soient à jamais bannis de toute assemblée électorale.

Quant à vous, mes chers protecteurs,

mes bienfaiteurs, courageux rédempteurs et restaurateurs des droits de l'homme et du citoyen, que votre patriotisme fasse échouer le projet insensé de ces esprits turbulents ; travaillez, intriguez, sollicitez, menacez ; soyez hardis et entreprenants ; soyez souples et maniables, répandez un peu d'argent, promettez beaucoup, remuez le moral, flattez les ambitions, embauchez les gens avides, intimidez, soudoyez les salons, intéressez vos amis, faites tourner les girouettes.

Si vous succombez dans la lutte, ce que je suis loin de désirer et de prophétiser, vous aurez du moins acquis un nouveau titre d'estime à la reconnaissance populaire, et, en quittant la gestion des affaires publiques, ce sera une richesse de plus à ajouter aux écus que vous aurez emportés.

ÉGLOGUE.

MÉLIBÉE, TITYRE.

Mélybée. — Vous paraissez soucieux, ô Tityre! La tristesse et l'abattement se lisent dans vos traits profondément altérés. Jamais vos lèvres n'appellent un sourire. Pourquoi fuir ainsi les plaisirs et les lieux riants qu'ils habitent? Ah! partagez donc au contraire la joie et la gaîté qui respirent autour de vous. Ecoutez le rossignol qui se joue dans les fleurs; il chante, il est joyeux. Voyez ce ramier et sa fidèle oompagne: sous le feuillage épais ils voltigent, se caressent de l'aile, puis se reposent tous deux, l'un près de l'autre, sur la même branche que balance mollement le souffle d'un doux zéphir. Ils sont joyeux aussi.

Tityre. — Le rossignol ne chante plus; les ramiers ont cessé leurs jeux; ils prennent le vol, disparaissent dans l'espace. Jetez les yeux sur les toits de ce vieux château; voyez ce milan qui s'élance, plane dans les airs: cruel oiseau carnassier! c'est lui, sans doute, qui met en fuite ces jolies petites créatures inoffensives Mélibée, voilà l'image de la société: nous sommes les ramiers, et ceux qui habitent ce château sont les milans. Tant que nous vivrons sous la serre dés milans, je ne puis compter de jours joyeux.

Mélibée. — Tityre, laissez couler l'eau du torrent; elle ne déborde pas sur votre héritage.

Tityre. — Elle envahit et porte ses ravages

sur tout ce qui appartient au peuple, et je suis homme du peuple.

Mélibée. — Je vous plains, bon Tityre; de nobles sentiments vous animent, mais ils vous poussent au fanatisme, à l'adoration d'une divinité qui ne met le pied sur la terre que pour reculer de dégoût à l'aspect de la corruption qui, chez toutes les nations, a jeté les fondemens de son empire. Aujourd'hui, sur la terre, on n'encense plus que la fortune; elle seule a des autels et des sacrifices : les portes de son temple vous sont ouvertes, suivez-moi; venez prendre place dans le cortége de ses favoris; vous n'avez qu'à vous baisser pour ramasser de l'or.

Tityre. — Qui, moi, trahir ma conscience et mes sermens! Infâmie! le peuple me jeterait de la boue et son mépris.

Mélibée. — Le peuple, vous jeter de la boue! Tityre, vous n'avez jamais sondé le cœur humain; soumettez-vous à l'épreuve; elle sera cruelle, elle déchirera le voile des illusions : présentez-vous au peuple, sous l'habit de la misère; demandez-lui le prix de votre dévouement : il n'aura pour vous que du dédain et un sourire de pitié sardonique. Jetez de côté l'habit du pauvre, présentez-vous sous les dehors de l'opulence, montez dans un char; dites au peuple : traîne-moi; jetez-lui une poignée d'or, et le peuple vous servira d'attelage. Comme vous, Tityre, autrefois j'ai rêvé quelque chose de grand, de sublime; le peuple m'apparaissait comme un génie céleste tout plein d'amour, de fraternité, de courage; ce génie animait toutes mes actions; toujours il était dans ma pensée et dans mon cœur. Malheur alors à l'audacieux qui eût osé porter une main impie sur l'idole que j'adorais ! Pour ce Dieu, j'eus donné mon sang, ma vie ; j'eus bravé les fers, les tortures et la mort languissante des cachots Eh bien ! Tityre, ce génie qui avait ainsi embrâsé mon âme, me prêta, dans une occasion solennelle, un courage de martyr ; je bravai la colère et la puissance des grands ; je m'offris en holocauste. Victime de mon dévouement, je recourus au peuple ; aux premiers du peuple, à ces grands citoyens que la foule idolâtre ; affreuse déception ! Je n'essuyai que des rebut et des humiliations.

Tityre. — Deux puissances, ô Mélibée, se disputent aujourd'hui la domination des empires; d'un côté la corruption, de l'autre le patriotisme. La corruption, je le sais, rassemble sous ses drapeaux des masses innombrables de satellites, assez lâches et assez vils pour afficher aux yeux de tous leur dégoûtante dépravation. Mais cette vérité quelque pénible, quelque affligeante quelle soit, doit-elle éteindre le feu sacré qui brûle au fond de l'âme des francs patriotes. Retrempant au contraire leur courage, ces derniers ne doivent-ils pas s'efforcer d'opposer une digue au débordement de la corruption? Plus petit est leur nombre, plus grand est leur mérite. Apôtre de la morale politique et des vertus citoyennes, ils doivent en prêcher l'exemple jusqu'au dernier soupir. Voilà ma conviction politique ; et dussé-je, ô Mélibée, ne trouver dans la société des hommes que des ambitieux, des égoïstes, des traîtres et des corrupteurs, je n'aurai jamais d'autres guides que l'honneur et la patrie.

MES ADIEUX.

A MM. du parquet, gendarmes, courtisans, commissaires et agens de police, geoliers, électeurs ministériels et autres autorités contre lesquelles, à mon début dans la carrière, j'ai fait usage du pamphlet, adieu. Je vous quitte en emportant dans mon cœur la douce satisfaction d'avoir obtenu le pardon de mes fautes. Si cette dernière œuvre, l'expression sincère de ma conscience, me mérite la croix d'honneur, daignez en décorer ma boutonnière, vous jurant en sujet soumis et respectueux de ne travailler désormais que pour votre plus grande gloire. Adieu.

LACOUR ET DARRAGON,
PARIS. Imprimerie de RENÉ, rue de Seine, 32.

www.ingramcontent.com/pod-product-compliance
Ingram Content Group UK Ltd.
Pitfield, Milton Keynes, MK11 3LW, UK
UKHW022122170726
13837UKWH00003B/1311

9 782329 153315